Coordinador de la colección: Daniel Goldin
Diseño: Joaquín Sierra, sobre una maqueta
original de Juan Arroyo
Diseño de portada: Joaquín Sierra
Dirección artística: Mauricio Gómez Morin

A la orilla del viento...

Primera edición: 1997
Primera reimpresión: 1998

ISBN 968-16-5437-4
Impreso en México

GRACIELA MONTES

ilustraciones de
Claudia Legnazzi

La venganza de la trenza

FONDO DE CULTURA ECONÓMICA

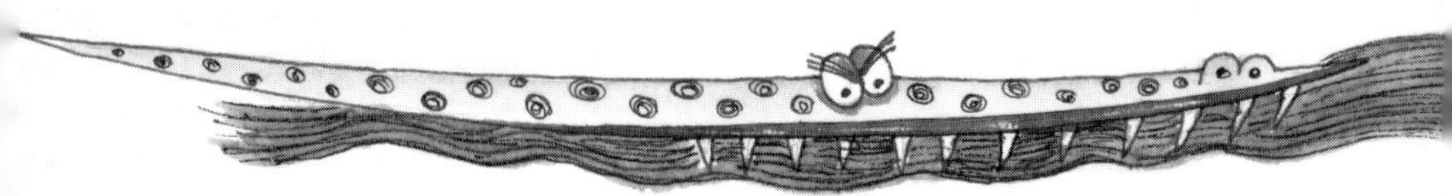

❖ Ema tiene un nombre fácil pero un pelo muy difícil. Para escribir su nombre, alcanzan tres letras, pero para desenredarle el pelo no hay peine que alcance.

Eso a la mamá de Ema la pone loca.

—Tu pelo me pone loca, loca, loca,… —grita por la mañana cuando la peina para ir a la escuela.

—¡LOOOOOOOOOOOOCA! —grita de nuevo (esta vez asomándose al balcón para que la casa no le quede toda llena de oes como papel picado).

Y, de loca que está, la mamá de Ema agarra el peine, que no es un peine cualquiera sino un peine feroz, un peine que más que peine parece cocodrilo, y le tira del pelo locamente.

—¡Ay! —grita Ema en cuanto ve venir al cocodrilo.

NARANJA

Pero eso no es nada. Hay que ver cómo grita cuando el cocodrilo ese se mete en el río. Y cuando mueve la cola, y se encuentra con el primer nudo... y con el segundo.

—¡Ayayayayayayayaaaaaayyyyy! —grita Ema.

Porque el pelo de Ema no tiene un nudo ni dos sino veinte, cincuenta, cien nudos.

Son tantos los gritos de Ema que la madre la lleva al balcón para que los ayes se disuelvan en el aire y no se le queden clavados en la alfombra, que después no hay aspiradora que los quite.

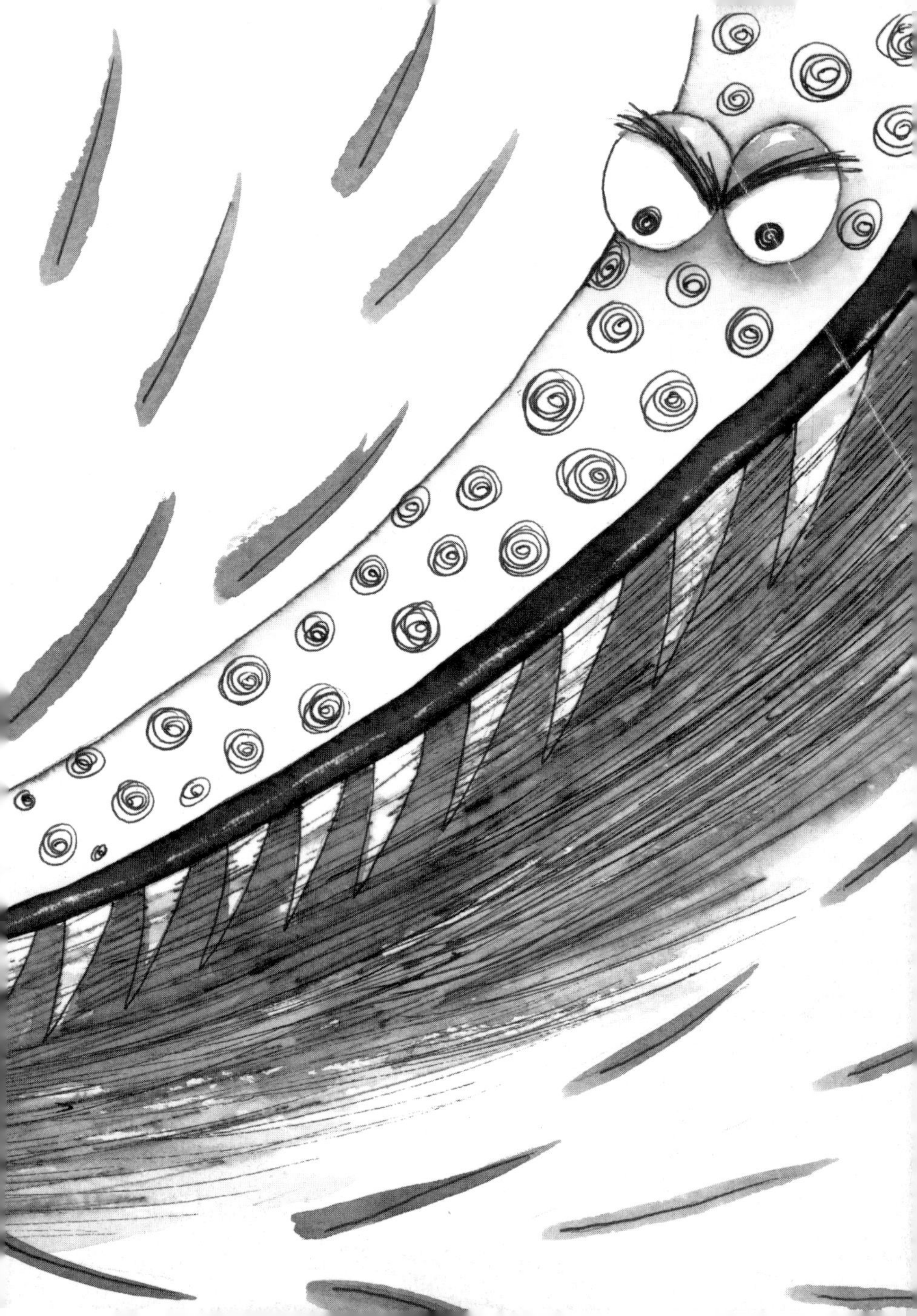

Mientras abre la ventana que da al balcón dice
—Basta, Ema, que no te estoy matando.

(Cuando está de buen humor la madre la llama Emita, cuando se enoja, en cambio, le acorta el nombre sacando dos letras de un plumazo.)

Ema sabe que no la están matando. Pero la están peinando y eso es suficiente para que el mundo le parezca más negro que un agujero negro, para que se le haga un nudo en la garganta y le salten las lágrimas de los ojos.

Sólo que la mamá de Ema tiene otro modo de ver las cosas.

Sobre todo porque el cocodrilo se atasca en
se río. Hay nudos, nudos, nudos. Un nudo.
Y, enseguida, otro nudo más. Y la mamá de Ema
dia los nudos. Odia sobre todo los nudos del
elo. Y más que nada en el mundo odia los nudos
ue se hacen en el pelo de su hija, de Ema. Los
udos del pelo de Ema a la madre la ponen loca
oca loca, looooooooooca.

Pero después se calma.

—Bueno, ya está —dice cuando ve que el
ocodrilo pasa y repasa por el río de lo más
campante—. Bueeeeno, bueeeeeno —dice, mucho
nenos loca ya.

Entonces va al cajón y busca una cinta. Como
está mucho más contenta ahora, va tarareando una
canción. Canta:

—La trenza de mi Emita es tan bonita
lalalalala lalala lala lalala

Ema ni siquiera tiene tiempo de alegrarse
porque su mamá otra vez la llama Emita. La oye y
grita:

—¡No! ¡La trenza no!

Ema odia las trenzas. En especial la que le ace su mamá después de desenredarle el pelo, orque le pone el pelo tan pero tan tirante que ma siente que los ojos se le empiezan a correr acia las orejas. Por eso grita, pide, ruega:

—¡Ay, no, Ma! ¡La trenza no!

Y en eso estaban, la madre dejando el ocodrilo sobre la mesa y dividiendo en tres el río, Ema pensando si lo mejor era un nooooooo muy argo que hiciera un verdadero charco en el suelo muchos no cortitos como salpicadas, cuando onó el timbre.

Era Emota.

—Buenos días —dijo Emota—, ¿puedo pasar?

A la madre de Ema le dio no sé qué decirle ue no (¡se parecía tanto a su hijita!). Sólo que nedía dos metros quince, de manera que tuvo que gacharse un poco para pasar por la puerta.

Emota era muy grande.

Grandota y bastante desprolija (pensó la mamá le Ema). Despeinada, con las rodillas sucias y las nedias caídas. Además llevaba el delantal

desprendido porque se le habían perdido dos botones.

Lo que no perdió Emota fue el tiempo.

Agarró a la mamá de Ema de la mano y la sentó en una silla.

"Por fin", pensó Ema, "¡ya era hora!" (A Ema, Emota le encantó enseguida. La miraba y se reía.)

Emota apartó la mesa para estar más cómoda, se colocó detrás de la silla donde estaba sentada la mamá, extendió la mano derecha y le dijo a Ema mientras le guiñaba el ojo:

—¡Cocodrilo!

Ema entendió perfectamente y le pasó el peine feroz, repitiendo como un buen ayudante:

—¡Cocodrilo!

Emota volvió a extender la mano y agregó:

—¡Cocodrilito!

(El cocodrilito era un peine mucho más peligroso que el cocodrilo, con los dientes finos como hilos de coser.)

Ema se lo entregó.

Cocodrilo y cocodrilito se metieron de cabeza en el río.

Como la mamá de Ema todavía no se había peinado esa mañana (porque nunca se peinaba antes de haber peinado y trenzado muy bien a su hija), Cocodrilo casi enseguida se encontró con un nudo. Y Cocodrilito encontró dos. Y después otro nudo más. Estaban felices los dos moviendo la cola por el pelo.

—Este pelo está lleno de nudos. Me pone loca loca loca —decía Emota mientras seguía peinando— looooooooooooca.

Cuando Emota decía “looooooooooca” las oes caían al suelo sin que nadie se molestara en recogerlas. También caían los ayes porque la mamá de Ema primero quiso aguantar (para dar el ejemplo) pero luego no pudo aguantar más:

—¡Ay ayay! —gritaba.

Y después:

—¡Ay!

Hasta que se terminaron los nudos y Cocodrilo y Cocodrilito empezaron a nadar de acá para allá moviendo la cola tan campantes.

—Bueno —dijo Emota—, mucho mejor.

Y después dijo mirando a Ema:

—Ahora falta la trenza.

Ema se tuvo que tapar la boca con la mano porque le vino un ataque de risa. A la mamá, en cambio, le vino un ataque de susto.

—N-n-n-no, gracias —dijo enseguida secándose las lágrimas con un pañuelito—. E-e-s que y-y-yo no me peino con trenza.

Y quiso ponerse de pie. Pero Emota la hizo sentar de nuevo, nada más apoyándole la mano sobre el hombro (¡hay que ver lo que pesaba la mano de Emota!).

—Sí, trenza —dijo—. Si no, se vuelve a enredar enseguida.

Al rato ya estaba dividiendo en tres el río, y después comenzó a trenzarlo.

No era fácil porque la mamá de Ema no tenía el cabello tan largo como su hija. Había que tirar muy fuerte y los mechones siempre se escapaban. Eso a Emota la ponía un poco loca.

Cuando terminó por fin, la mamá de Ema sentía que las orejas se le habían amontonado en la nuca.

—Bueno, listo —dijo Emota—. Me voy porque se me va a hacer tarde para el colegio.

Fue hacia la puerta, la abrió y antes de salir se dio vuelta y saludó con la mano.

—Chau, Emita, nos vemos.

Y después dijo, mirando a la mamá:

—Y a usted le aconsejo que no se ande zangoloteando por ahí en el recreo porque se le va a deshacer la trenza.

Y se fue (por supuesto, tuvo que agacharse para pasar por el hueco de la puerta).

A Ema, una vez que se le pasó el susto, le vino la risa fuerte, una risa con más dientes que un cocodrilo.

—Te queda linda la trenza, Ma —dijo.

La mamá prefirió no hacer comentarios. Se levantó de la silla, se puso el saco, agarró la cartera. Y salieron las dos de la mano para la escuela. ❖

Este libro se terminó de imprimir y encuadernar en el mes de julio de 1998 en Impresora y Encuadernadora Progreso, S. A. de C. V. (IEPSA), Calz. de San Lorenzo, 244; 09830 México, D. F. Se tiraron 5 000 ejemplares.

para los que están aprendiendo a leer

El invisible director de orquesta
de Beatriz Doumerc
ilustraciones de Áyax y Mariana Barnes

El Invisible Director de Orquesta estira sus piernas y extiende sus brazos; abre y cierra las manos, las agita suavemente como si fueran alas… Y ahora, sólo falta elegir una batuta apropiada. A ver, a ver… ¡Una vara de sauce llorón, liviana, flexible y perfumada! El director la prueba, golpea levemente su atril minúsculo y transparente… ¡Y comienza el concierto!

Beatriz Doumerc nació en Uruguay. Ha publicado, tanto en España como en América Latina, más de treinta títulos. En la actualidad reside en España.

para los que están aprendiendo a leer

La ovejita negra

de Elizabeth Shaw

—Esa oveja negra no me obedece —**se quejaba Polo, el perro ovejero del pastor—.** ¡Y piensa demasiado! Las ovejas no necesitan pensar. ¡Yo pienso por ellas!

Una tarde, de pronto, comenzó a nevar; las ovejas estaban solas.
Y, ¿a cuál de ellas se le ocurrió qué hacer para resguardarse del frío durante la noche?
¡A la ovejita negra!

Elizabeth Shaw nació en Irlanda en 1920. Escribió e ilustró muchos libros para niños y jóvenes. Murió en Alemania en 1993.